LA VISION.

LA VISION,

POËME

SUR LA MORT TRAGIQUE

DE SON ALTESSE SÉRÉNISSIME

MONSEIGNEUR LE DUC D'ENGHIEN;

SUIVIE D'UNE OFFRANDE A LEURS ALTESSES SÉRÉNISSIMES MES-
SEIGNEURS LE PRINCE DE CONDÉ, ET LE DUC DE BOURBON ;
ET D'UNE ODE A SA MAJESTÉ TRÈS-CHRÉTIENNE LOUIS XVIII ;

Publiées, en Angleterre, en 1809,
Par F. M. J. NOEL DESQUERSONNIÈRES.

.De l'Imprimerie de Me. Ve. CUSSAC, rue Montmartre,
No. 30.

LA VISION,

PUBLIÉE, EN ANGLETERRE,

EN 1809.

~~~~~~

DISCOURS PRÉLIMINAIRE.

———

En publiant ce petit ouvrage, je satisfais à l'ordre que me donne l'Ombre bienheureuse d'un jeune Prince aimable, éclairé, courageux, universellement regretté, et aux sentimens de reconnaisance et de dévoûment que les bontés dont Son Altesse Sérénissime m'a honoré, dès son enfance, ont imprimés dans mon cœur. Traduit en anglais, il fut accueilli, en 1809, par les deux Familles Royales de France et d'Angleterre, et par un grand nombre de Souscripteurs. L'auteur, que le malheur des circonstances n'a pas épargné, offre aujourd'hui aux Français, avec la confiance que la générosité de ses compatriotes lui inspire, cette composition sentimentale, dont la prédiction s'est réalisée, fondant le succès de la souscription sur leur indulgence, leur grandeur d'âme et sur la protection que lui accordait l'auguste et innocente victime d'une ambition sans bornes.

LA VISION.

LA VISION,

POËME

SUR LA MORT TRAGIQUE

DE SON ALTESSE SÉRÉNISSIME

MONSEIGNEUR LE DUC D'ENGHIEN.

J'obéis à ton ordre, Ombre que je révère :
A la Cour de Wanstead, (1) à toute l'Angleterre,
Dans mon étonnement, je vais, à mon réveil,
Rapporter le prodige offert à mon sommeil ;
Dans quel éclat divin, sous quels traits je t'ai vue,
De quels célestes sons mon âme fut émue ;
Et, brûlant sur ta tombe un digne et pur encens,
Esquisser la grandeur de tes plus jeunes ans.

O merveilleux aspect ! quel rayon de lumière
De mes yeux assoupis entr'ouvre la paupière,
Et leur découvre, au loin, un nuage azuré,
Portant un Séraphin d'étoiles entouré !
Saisi d'un saint respect, et fixant le nuage,
Je reconnais bientôt, dans cette noble image,
A ce front radieux, l'Angélique d'Enghien,
Qui m'offre, en me parlant, un affable maintien.

---

(1) Résidence de S. A. S. Mgr. le Prince de Condé, où sa Majesté
Louis XVIII se trouvait souvent.

« Je n'ai pas oublié le tems de ma jeunesse ;
» Où, l'Été, dans St.-Maur, (1) sensible à ma tendresse,
» Tu venais, près de moi, couler quelques instans,
» Toujours accompagné de l'un de tes enfans :
» Je connais tes regrets, ta louable constance,
» Et ta haine vouée au tyran de la France ;
» Ton dévoûment sincère aux intérêts du Roi,
» Tes souhaits pour son trône et l'autel de la Foi ;
» Je veux te consoler, et, pour prix de ton zèle,
» Dévoiler l'avenir à ton âme fidèle.

Ma surprise redouble, et je reste muet,
Pour ouïr le récit que l'Ombre me promet.

» L'Éternel, irrité des crimes de l'infâme,
» Détournera sur lui les poisons et la flamme,
» Et le fer assassin dont il fait ses plaisirs ;
» Et pour fixer un frein à ses affreux désirs,
» Dans le gouffre infernal, au milieu des supplices,
» Il plongera le monstre avec tous ses complices.
» Au fond de cet abîme, ils sauront le bonheur
» Que goûtent les Élus, en chantant le Seigneur ;
» Que de leurs noirs complots l'Europe délivrée
» Sous ses antiques lois sera réintégrée ;

---

(1) Château où le Prince fut élevé.

» Que ce grand Souverain , (1) dont les sages décrets
» Ont toujours repoussé leurs odieux projets,
» Digne arbitre, dès-lors , de toutes les puissances,
» Aux peuples déchargés du poids de leurs souffrances
» D'un pacte général , fondé sur l'équité,
» Offrira l'avantage , et la félicité :
» Des deux mondes en paix , lavés de leurs souillures ,
» Le florissant état accroîtra leurs tortures ;
» Et le vain repentir de leur férocité
« Fera leur désespoir pendant l'éternité.

   » Annonce à mon aïeul , à Louis, à mon père,
» Aux Princes mes parens, à ma tante, à ma mère,
» Au peuple généreux qui leur ouvre les bras,
» L'irrévocable sort des fameux scélérats. »

Il dit : au même instant, une douce harmonie
Enchante tous mes sens , en charmant mon ouïe :
Le Ciel s'ouvre, et je vois, auprès du Créateur,
Dans un état réel de paix et de grandeur,
Le Dauphin enlacé dans les bras de sa Mère,
L'auguste Élisabeth , à tous les cœurs si chère,
Avec un saint transport semblant dire à Louis :
« O le meilleur des Rois , nous voilà réunis ! »
Je contemple et j'adore , et l'Ombre bienheureuse
Remonte, en sillonnant la route lumineuse.

_____

(1) Le Roi d'Angleterre.

Bientôt l'illusion fait place à la frayeur,
Et je me sens couvert d'une froide sueur ;
Mais, frappé du prodige et de l'heureux présage,
Je remplis, sans tarder, le céleste message ;
Et, dans ce trouble saint, ne pouvant oublier,
En l'honneur de d'Enghien, l'encens qu'il faut brûler,
Je vais, avec respect, déposer sur sa cendre,
De tous mes sentimens l'hommage le plus tendre,
Et, puisqu'il est au Ciel, loin d'y verser des pleurs,
Y faire un court éloge, en la couvrant de fleurs.

Me promenant un jour près de l'Enfant illustre,
Il arrivait, à peine, à son deuxième lustre,
Il m'aborde en riant, et caressant mon fils.....
» Ah ! quel charmant garçon ! il est beau comme un lis ;
» Monsieur, s'il est à vous, je vous en félicite ;
» Il aura, j'en réponds, un grand fond de mérite.

A ce discours poli, cette affabilité,
Je ne méconnais pas l'héritier de Condé.
Il avait à la main la carte de l'Europe ;
Il la laisse tomber, moi je la développe ;
Mais, sans y porter l'œil, du Sud il passe à l'Est,
Allant, sans s'égarer, au Nord jusqu'à l'Ouest.
Assis sur le gazon, de la géographie
Passant rapidement à la Mythologie,
De quelques demi-dieux les exploits parcourus,
Des grands hommes, sitôt, nous louons les vertus ;

D'abord du bon Henri, nous entamons l'histoire,
Admirant ses travaux, ses succès et sa gloire.....
Un gouverneur arrive; en me serrant la main,
Le Prince se retire, et fixe au lendemain
Un second entretien, au lever de l'aurore.

Avide d'un accueil qui me flatte et m'honore,
Avec un même charme, à chaque rendez-vous
J'accourais, pour jouir d'un agrément si doux.
Tous ses discours partaient d'une saine logique;
Déjà de la nature, en maître de physique,
Sondant la terre et l'onde, ou parcourant les cieux,
Il mettait au grand jour les secrets merveilleux;
Dans tous ses entretiens, qui surpassaient son âge,
On trouvait le savoir et la raison d'un sage;
Jamais il ne parlait de la Religion
Que pour édifier par son opinion;
Il soulageait le pauvre, honorait la vieillesse
Souriait au talent, et rempli de noblesse,
Il vantait des héros la gloire et les combats,
Mais humain, il pleurait la perte des soldats,
En sagesse croissait cet étonnant génie,
Quand, sortant des enfers, la discorde en furie
De Paris révolté contre son Souverain
Vint armer d'un poignard la sacrilège main,
Et, répandant partout le venin de sa rage
Pousser les factieux aux horreurs du carnage :

La Seine, avec effroi, vit s'unir à ses flots
Le sang sacré des Rois, du prêtre et du héros.

D'Enghien fut, cette fois, respecté par le crime,
De son premier agent réservé pour victime.
Le monstre, dès long-tems, méditait en secret
Cet excès de fureur sans fruit pour son projet ;
Mais il voulait qu'on sût, par tant de perfidie,
Jusqu'où peut se porter la noire et basse envie :
Sans doute du héros le nom et la valeur
Dans cette âme féroce imprimaient la terreur :
Trop lâche pour oser attaquer, en personne,
Le Prince courageux, en tyran, i ordonne
Que, violant les droits de la neutralité,
On l'arrache, par force, à sa sécurité.
L'odieux C***. se charge de l'office ;
Il traîne, sous les fers, le Prince au sacrifice,
D'avance, avec dessein, et pour un prompt succès,
A mourir condamné, sans forme de procès.

Traître ! tu savais bien qu'en voyant l'innocence
Sur ce front ceint de lis provoquer sa vengeance,
Le peuple, en son courroux, aurait mis en lambeaux
Et jeté ton cadavre aux voraces corbeaux.

Regardez le barbare à certaine distance,
Entouré de soldats, et sur une éminence,

Du sang de sa victime ardent de s'abreuver;
Il la voit à la mort, en héros, s'avancer;
Tel que, dans les douceurs d'une champêtre vie,
Il se livrait en paix à la philosophie;
Tel qu'avec son aïeul, au milieu des combats,
Il bravait le danger sans craindre le trépas.
Ce calme du héros l'étonne et l'intimide,
Et sa frayeur s'accroît à cet air intrépide.
Un tyran moins cruel et de grandeur ému,
Loin d'achever le crime, au moins l'eût suspendu;
Mais le tigre jamais n'abandonne sa proie.
Irrité du grand cœur que le Prince déploie,
Il donne le signal qui termine des jours
Ombragés par la gloire et dignes d'un long cours.

Alors, de l'assassin, la soif est appaisée;
Mais son âme demeure à la terreur livrée;
Quoique témoin du meurtre, il veut savoir encor
S'il n'est pas incertain que le Prince soit mort.
Tel est de la vertu le pouvoir invincible,
Même à ses assassins, sa présence est terrible;
Elle brillait dans l'œil de l'auguste d'Enghein,
Qui vécut en vrai sage, et mourut en chrétien.

Toi, qui me distinguas sur les bords de la Seine,
Sur ceux de la Tamise, où je suis dans la peine,
Tu daignes me choisir, Mécène généreux,
Pour annoncer la fin de nos jours malheureux :

Cet honorable choix, ce choix digne d'envie
Fait succéder la joie aux chagrins de ma vie;
Quel que soit mon destin, sans amis, sans parens,
Loin du toit conjugal, du sein de mes enfans,
Et si j'étais privé d'un modique salaire,
Menacé de languir de peine et de misère,
Je me sens consolé par ta prédiction,
En retrouvant l'espoir dans ta protection.
Dans mon cœur, que remplit ta haute bienfaisance;
Ton nom cher est gravé par la reconnoissance;
Il fera constamment mon plus doux souvenir,
Et sera dans ma bouche à mon dernier soupir.

OFFRANDE.

OFFRANDE

A LEURS ALTESSES SÉRÉNISSIMES

MESSEIGNEURS

LE PRINCE DE CONDÉ ET LE DUC DE BOURBON.

~~~~~~~~~~~~~~~~~~~~~~~~~~~~~~~~~~~

Si cet essai de mon pinceau
Vous semble digne du cothurne,
Princes, pour finir le tableau,
J'irai m'embrâser près de l'urne
Teinte d'un si précieux sang;
Là, du plus odieux tyran,
Avec le feu de mon génie,
Et dans une sainte fureur,
Sous les vertus et la grandeur
Je terrasserai l'infamie.

Est-il un objet plus touchant,
Plus grand, plus digne de la scène?
Un attentat plus révoltant
Sous le poignard de Melpomène?
Aux yeux surpris du spectateur,
A son mépris, à son horreur

J'offrirai ce sujet perfide,
Qui, foulant les plus saintes lois,
Sur un rejeton de ses Rois
Ose commettre un parricide.

Pour confondre l'iniquité,
Jointe à l'audace et l'arrogance,
Je déploierai la majesté
Et la courageuse constance
Du Prince au milieu d'assassins
Préparés à souiller leurs mains
Du crime de leur cruel maître ;
Et, dans une lâche stupeur,
Entre la rage et la frayeur,
Sur la scène on verra le traître.

Dans ce dessein qui m'enhardit,
Ma muse doit paraître vaine ;
Mais quand le cœur guide l'esprit,
Le sentiment est l'hipocrène
Où s'enivrent l'âme et les sens ;
Et pour ennoblir mes accens,
Daignez m'honorer d'un suffrage ;
Lors, sous l'égide des Bourbon,
J'irai m'asseoir sur l'Hélicon,
Où je composerai l'ouvrage.

ODE.

ODE

A SA MAJESTÉ TRÈS-CHRÉTIENNE,

LOUIS XVIII,

A SON ARRIVÉE EN ANGLETERRE.

~~~~~~~~~~~~~~~~~~~~~~~

QUELLE soudaine et noble ardeur,
Quel feu, quel sentiment sublime
Embrâsent ma verve et mon cœur!
Je sens, au transport qui m'anime,
Combien, j'honore les Bourbon!
Louis, digne du nom de sage,
Comme au moderne Salomon,
Je viens te rendre un juste hommage.

Ils ne sont plus ces jours heureux,
Où, de leur ombre salutaire,
Les lis, fiers et majestueux,
Couvraient le double sanctuaire
Des lois et de la piété;
Alors, dans un Roi débonnaire,
Sous une douce autorité,
On trouvoit les soins d'un bon père.

J'ai vu l'attentat criminel
De cette faction impie,
Qui, brisant le trône et l'autel,
Perça le sein de la patrie ;
J'ai vu.... mais, tirant le rideau
Sur ces précieuses victimes,
Ma main rejète le pinceau,
N'osant rappeler de tels crimes.

Toi, dont la vaste ambition
Voudrait enchaîner la fortune,
Crois-tu que la fière Albion,
Digne compagne de Neptune,
Ouvre à l'hydre du continent
Le passage du Nouveau-Monde ?
Tremble à l'aspect de son trident,
Et vois ton sort au fond de l'onde.

J'admire le héros du nord,
Qui sait mépriser ta puissance,
Et qui saura braver la mort,
Loin de céder à l'influence
Du formidable Souverain
Qu'à trompé ton hypocrisie,
Mais qui peut encor, de sa main,
T'enchaîner dans la Sibérie.

En vain un auguste soutien
Nous est ravi par ta malice,
Le sang du vertueux d'Enghien
Sera vengé par ton supplice ;
En vain tu veux, par de hauts faits,
Cueillir les palmes de la gloire ;
On ne lira que des forfaits
Sur les pages de ton histoire.

Ainsi qu'on a vu les Couthon,
Les Saint-Just et les Robespierre,
On le verra, N.....on,
Finir ta coupable carrière ;
Tel est le destin des tyrans :
Toujours du Très-Haut la vengeance
S'appesantit sur les méchans,
Quand ils ont lassé sa clémence.

Minerve, apportant l'olivier,
Du plus doux bien l'heureux emblême,
Sur tout légitime héritier,
Replacera le diadême ;
Et, couronnant le peuple Anglais
Pour sa sagesse et sa vaillance,
L'unira bientôt aux Français
Par une durable alliance.

Ils combleront tous nos souhaits,
Ces jours de paix et d'allégresse,
Lorsqu'au milieu de ses sujets,
Louis, guidé par la sagesse,
Viendra conjurer la terreur;
De Thémis tenant la balance,
Il ramènera le bonheur
Sur les pas de la bienfaisance.

www.ingramcontent.com/pod-product-compliance
Lightning Source LLC
Chambersburg PA
CBHW061740180626
46818CB00006B/2689